清・蒲松齡著

聊齋志異

二册

黄山書社

聊齋志異卷二

淄川　蒲松齡　留仙　著
新城　王士正　貽上　評

嬰寧

王子服莒之羅店人早孤絕慧十四入泮母最愛之尋常不令遊郊野聘蕭氏未嫁而夭故求凰未就也會上元有舅氏子吳生邀同眺矚方至村外舅家有僕來招吳去生見游女如雲乘興獨遨有女郎攜婢撚梅花一枝容華絕代笑容可掬生注目不移竟忘顧忌女過去數武顧婢曰個兒郎目灼灼似賊遺花地上笑語自去生拾花悵然神魂喪失怏怏遂返至家藏花枕底垂頭而睡不語亦不食母憂之醮禳益劇肌革銳減醫師診視投劑發表忽忽若迷母撫問所由默然不荅適吳生來囑密詰之吳至榻前生見之淚下吳就榻慰解漸致研詰生具吐其實且求謀畫吳笑曰君意亦復癡此願有何難遂當代訪之徒步於野必非世家如其未字事固諧矣不然拚以重賂計必允遂但得痊瘳成事在我生聞之不覺解頤吳出告母物色女子居里而探訪既

窮並無蹤跡母大憂無所爲計然自吳去後顏頓開食亦畧進數日吳復來生問所謀吳紿之曰已得之矣我以爲誰何人乃我姑氏女卽君姨妹行今尚待聘雖內戚有昏姻之嫌實告之無不諧者生喜溢眉宇問居何里吳詭曰西南山中去此可三十餘里生又付囑再四吳銳身自任而去生由此飲食漸加日就平復探視枕底花雖枯未便彫落凝思把玩如見其人怪吳不至折柬招之吳支托不肯赴召生恚怒悒悒不歡母慮其復病急爲議姻畧與商搉輒搖首不願惟日盼吳吳迄無

耗益怨恨之轉思三十里非遙何必仰息他人懷梅袖中負氣自往而家人不知也伶仃獨步無可問程但望南山行去約三十餘里亂山合沓空翠爽肌寂無人行止有鳥道遙望谷底叢花亂樹中隱隱有小里落下山入村見舍宇無多皆茅屋而意甚修雅北向一家門前皆絲柳牆內桃杏猶繁間以修竹野鳥格磔其中意是園亭不敢遽入回顧對戶有巨石滑潔因據坐憇俄聞牆內有女子長呼小榮其聲嬌細方佇聽間一女郎由東而西執杏花一朵俛首自簪舉頭見生遂不復簪含

笑撚花而入審視之卽上元途中所遇也心驟喜但念無以階進欲呼姨氏而顧從無還往懼有訛悞門內無人可問坐臥徘徊自朝至於日昃盈盈望斷並忘飢渴時見女子露半面來窺似訝其不去者忽一老媪扶杖出顧生曰何處郎君聞自辰刻便來以至於今意將何爲得勿飢耶生急起揖之荅云將以盼親媪聾憒不聞又大言之乃問貴戚何姓生不能荅媪笑曰奇哉姓名尚自不知何親可探我視郎君亦書癡耳不如從我來啖以粗糲家有短榻可臥待明朝歸詢知姓氏再來探

訪不晚也生方腹餒思啗又從此漸近麗人大喜從媪入見門內白石砌路夾道紅花片片墮階上曲折而西又啟一關豆棚花架滿庭中肅客入舍粉壁光明如鏡窗外海棠枝朶探入室內茵籍几榻罔不潔澤甫坐卽有人自窗外隱約相窺媪喚小榮可速作黍外有婢子噭聲而應坐次具展宗閥媪曰郎君外祖莫姓吳否曰然媪驚曰是吾甥也尊堂我妹子年來以家窶貧又無三尺男遂至音問梗塞甥長成如許尚不相識生曰此來卽爲姨也匆遽遂忘姓氏媪曰老身秦姓並無誕育

弱息僅存亦爲庶產渠母改醮遺我鞠養頗亦不鈍但少教訓嬉不知愁少頃使來拜識未幾婢子具飯雛尾盈握媼勸餐已婢來斂具媼曰喚寧姑來婢應去良久聞戶外隱有笑聲媼曰嬰寧汝姨兒在此戶外嗤嗤笑不已婢推之以入猶掩其口笑不可遏媼瞋目曰有客在咤咤叱叱是何景象女忍笑而立生揖之媼曰此王郎汝姨子一家尚不相識可笑人也生問妹子年幾何矣媼未能解生又言之女復笑不可仰視媼謂生曰我言少教誨此可見也年已十六呆癡裁如嬰兒生曰小於甥一歲曰阿甥已十七矣得非庚午屬馬者耶生首應之又問甥婦阿誰荅云無之曰如甥才貌何十七歲猶未聘耶嬰寧亦無姑家極相匹敵惜有內親之嫌生無語目注嬰寧不暇他瞬婢向女小語云目灼灼賊腔未改女又大笑顧婢曰視碧桃開未遽起以袖掩口細碎連步而出至門外笑聲始縱媼亦起喚婢襆被爲生安置曰阿甥來不易宜畱三五日遲遲送汝歸如嫌幽悶舍後有小園可供消遣有書可讀次日至舍後果有園半畝細草鋪氈楊花糁逕有草舍三楹花木四合其

所穿花小步聞樹頭蘇蘇有聲仰視則嬰寧在上見生狂笑欲墮生曰勿爾墮矣女且下且笑不能自止方將及地失手而墮笑乃止生扶之陰捘其腕女笑又作倚樹不能行良久乃罷生俟其笑歇乃出袖中花示之女接之曰枯矣何留之曰此上元妹子所遺故存之問存之何意曰以示相愛不忘也自上元相遇凝思成疾自分化爲異物不圖得見顏色幸垂憐憫女曰此大細事至戚何所靳惜待兄行時園中花當喚老奴來折一巨綑負送之生曰妹子癡耶女曰何便是癡生曰我非愛

花愛撚花人耳女曰葭莩之情愛何待言生曰我所謂愛非瓜葛之愛乃夫妻之愛女曰有以異乎曰夜共枕席耳女俛思良久曰我不慣與生人睡語未已婢潛至生惶恐遁去少時會母所母問何往女荅以園中共話媼曰飯熟已久有何長言啁嗻乃爾女曰大哥欲我共寢言未已生大窘急目瞪之女微笑而止幸媼不聞猶絮絮究詰生急以他詞掩之因小語責女女曰適此語不應說耶生曰此背人語女曰背他人豈得背老母且寢處亦常事何諱之生恨其癡無術可以悟之食方竟

家中人捉雙衛來尋生先是母待生久不歸始疑村中
搜覓幾徧竟無蹤兆因往尋吳吳憶曩言因教於西南
山行覓凡歷數村始至於此生出門適相值便入告媼
且請偕女同歸媼喜曰我有志匪伊朝夕但殘軀不能
遠涉得甥攜妹子去識認阿姨大好呼嬰寧寧笑至媼
曰有何喜笑輒不輟若不笑當爲全人因怒之以目乃
曰大哥欲同汝去可便裝束又餉家人酒食始送之出
曰姨家田產充裕能養冗人到彼且勿歸小學詩禮亦
好事翁姑即煩阿姨爲汝擇一良匹二人遂發至山坳

回顧猶依稀見媼倚門北望也抵家母睹姝麗驚問爲
誰生以姨女對母曰前吳郎與兒言者詐也我未有姊
何以得甥問女女曰我非母出父爲秦氏沒時兒在褓
中不能記憶母曰我一姊適秦氏良確然殂謝已久那
得復存因細詰面龐痣贅一一符合又疑曰是矣然亡
已多年何得復存疑慮間吳生至女避入室吳詢得故
惘然久之忽曰此女名嬰寧耶生然之吳極稱怪事問
所自知吳曰秦家姑去後姑丈鰥居祟於狐病瘠死狐
生女名嬰寧繃臥牀上家人皆見之姑丈歿狐猶時來

後求天師符粘壁間狐遂攜女去將勿此耶彼此疑參
但聞室中吃吃皆嬰寧笑聲母曰此女亦太憨生吳請
面之母入室女猶濃笑不顧母促令出始極力忍笑又
面壁移時方出纔一展拜翻然遽入放聲大笑滿室婦
女爲之粲然吳請往覘其異就便執柯尋至村所廬舍
全無山花零落而已吳憶姑葬處彷彿不遠然墳壠湮
沒莫可辨識詫歎而返母疑其爲鬼入告吳言女畧無
駭意又弔其無家亦殊無悲意孜孜憨笑而已衆莫之
測母令與少女同寢止昧爽即來省問操女紅精巧絕

倫但善笑禁之亦不可止然笑嫣然狂而不損其媚人
皆樂之鄰女少婦爭承迎之母擇吉將爲合巹而終恐
爲鬼物竊於日中窺之形影殊無少異至日使華妝行
新婦禮女笑極不能俯仰遂罷生以其憨癡恐漏洩房
中隱事而女殊密祕不肯道一語每値母憂怒女至一
笑即解奴婢小過恐遭鞭楚輒求詣母共話罪婢投見
恒得免而愛花成癖物色徧戚黨竊典金釵購佳種數
月階砌藩溷無非花者庭後有木香一架故鄰西家女
每攀登其上摘供簪玩母時遇見輒訶之女卒不改一

女但言無慮刻日夫妻輿櫬而往女於荒烟錯楚中指視墓處果得媪尸膚革猶存女撫哭哀痛舁歸尋秦氏墓合葬焉是夜生夢媪來稱謝寤而述之女曰妾夜見之囑勿驚郎君耳生恨不邀留女曰彼鬼也生人多陽氣勝何能久居生問小榮曰是亦狐最黠狐母留以視妾每攝果餌相哺故德之常不去心昨問母云已嫁之由是歲值寒食夫妻登秦墓拜掃無缺女逾年生一子在懷抱中不畏生人見人輒笑亦大有母風云

異史氏曰觀其孜孜憨笑似全無心肝者而牆下惡作劇其黠孰甚焉至悽戀鬼母反笑爲哭我嬰寧殆隱於笑者矣竊聞山中有草名笑矣乎嗅之則笑不可止房中植此一種則合歡忘憂並無顔色矣若解語花正嫌其作態耳

聶小倩

甯采臣浙人性慷爽廉隅自重每對人言生平無二色適赴金華至北郭解裝蘭若寺中殿塔壯麗然蓬蒿沒人似絕行踪東西僧舍雙扉虛掩惟南一小舍扃鍵如新又顧殿東隅修竹拱把下有巨池野藕已花意樂其

幽杳會學使按臨城舍價昂思便留止遂散步以待僧
歸日暮有士人來啟南扉寗趨為禮且告以意士人曰
此間無房主僕亦僑居能甘荒落旦晚惠教幸甚寗喜
藉藁代牀支板作几為久客計是夜月明高潔清光似
水二人促膝殿廊各展姓字士人自言燕姓字赤霞寗
疑為赴試諸生而聽其聲音絕不類浙詰之自言秦人
語甚樸誠既而相對詞竭遂拱別歸寢寗以新居久不
成寐聞舍北喁喁如有家口起伏北壁石牕下微窺之
見短牆外一小院落有婦可四十餘又一媼衣黦緋插

蓬沓鮐背龍鍾偶語月下婦曰小倩何久不來媼曰殆
好至矣婦曰將無向姥姥有怨言否曰不聞但意似蹙
蹙婦曰婢子不宜好相識言未已有一十七八女子來
彷彿艷絕媼笑曰背地不言人我兩個正談道小妖婢
悄來無迹響幸不訾著短處又曰小娘子端好是畫中
人遮莫老身是男子也被攝魂去女曰姥姥不相譽更
阿誰道好婦人女子又不知何言寗意其鄰人眷口寢
不復聽又許時始寂無聲方將睡去覺有人至寢所急
起審顧則北院女子也驚問之女笑曰月夜不寐願修

燕好寗正容曰卿防物議我畏人言畧一失足廉恥道
喪女云夜無知者寗又咄之女逡巡若復有詞寗叱速
去不然當呼南舍生知女懼乃退至戶外復返以黃金
一鋌置褥上寗掇擲庭墀曰非義之物汚我囊橐女慚
出拾金自言曰此漢當是鐵石詰旦有蘭溪生攜一僕
來候試寓於東廂至夜暴亡足心有小孔如錐刺者細
細有血出俱莫知故經宿一僕死症亦如之向晚燕生
歸寗質之燕以爲魅寗素抗直頗不在意宵分女子復
至謂寗曰妾閱人多矣未有剛腸如君者君誠聖賢妾

不敢欺小倩姓聶氏十八夭殂葬寺側輒被妖物威脅
役賤務覥顏向人實非所樂今寺中無可殺者恐當以
夜义來寗駭求計女曰與燕生同室可免問何不惑燕
生曰彼奇人也不敢近問迷人若何曰狎暱我者隱以
錐刺其足彼即茫若迷因攝血以供妖飲又或以金非
金也乃羅剎鬼骨留之能截取人心肝二者凡以投時
好耳寗感謝問戒備之期荅以明宵臨别泣曰妾墮元
海求岸不得郎君義氣干雲必能拔生救苦倘肯囊妾
朽骨歸葬安宅不啻再造寗毅然諾之因問葬處曰但

記取白楊之上有烏巢者是也言已出門紛然而滅明日恐燕他出早詣邀致辰後具酒饌畱意察燕既約同宿辭以性癖躭寂寧不聽强攜臥具來燕不得已移榻從之囑曰僕知足下丈夫傾風良切要有微衷難以遽白幸勿翻窺篋襆違之兩俱不利寧謹受教既而各寢燕以箱篋置窗上就枕移時齁如雷吼寧不能寐近一更許窗外隱隱有人影俄而近窗來窺目光睒閃寧懼方欲呼燕忽有物裂篋而出耀若匹練觸折窗上石櫺欻然一射即遽斂入宛如電滅燕覺而起寧僞睡以覘

之燕捧篋檢取一物對月嗅視白光晶瑩長可二寸徑韭葉許已而數重包固仍置破篋中自語曰何物老魅直爾大膽致壞篋子遂復臥寧大奇之因起問之且以所見告燕曰既相知愛何敢深隱我劍客也若非石櫺妖當立斃雖然亦傷問所緘何物曰劍也適嗅之有妖氣寧欲觀之慨出相示熒熒然一小劍也於是益厚重燕明日視窗外有血跡遂出寺北見荒墳纍纍果有白楊烏巢其顛迨營謀既就趣裝欲歸燕生設祖帳情義殷渥以破革囊贈寧曰此劍袋也寶藏可遠魑魅寧欲

從授其術曰如君信義剛直可以爲此然君猶富貴中人非道中人也甯乃托有妹葬此發掘女骨斂以衣衾賃舟而歸甯齋臨野因營墳葬諸齋外祭而祝曰憐卿孤魂葬近蝸居歌哭相聞庶不見凌於雄鬼一甌漿水飲殊不清旨幸不爲嫌祝畢而返後有人呼曰緩待同行回顧則小倩也歡喜謝曰君信義十死不足以報請從歸拜識嫜姑媵御無悔甯諦之肌映流霞足翹細筍白晝端相嬌艷尤絕遂與俱至齋中囑坐少待先入白母母愕然時甯妻久病母戒毋言恐所驚駭言次女已翩然入拜伏地下甯曰此小倩也母驚顧不遑女謂母曰兒飄然一身遠父母兄弟蒙公子露覆澤被髮膚願執箕箒以報高義母見其綽約可愛始敢與言曰小娘子惠顧吾兒老身喜不可已但生平止此兒用承祧緒不敢令有鬼偶女曰兒實無二心泉下人既不見信於老母請以兄事依高堂奉晨昏如何母憐其誠允之即欲拜嫂母辭以疾乃止女即入廚下代母尸饔入房穿戶似熟居者日暮母畏懼之辭使歸寢不爲設牀褥女窺知母意即竟去過齋欲入卻退徘徊戶外似有所懼

生呼之女曰室中劍氣畏人向道途之不奉見者良以此故甯已悟爲革囊取懸他室女乃入就燭下坐移時殊不一語久之問夜讀否妾少誦楞嚴經今强半遺忘浼求一卷夜暇就兄正之甯諾又坐默然二更向盡不言去甯促之愀然曰異域孤魂殊怯荒墓甯曰齋中別無牀寢且兄妹亦宜遠嫌女起容顰蹙而欲啼足恇儴而懶步從容出門涉階而沒甯竊憐之欲留宿別榻又懼母嗔女朝旦朝母捧匜沃盥下堂操作無不曲承母志黃昏告退輒過齋頭就燭誦經覺甯將寢始慘然去

先是甯妻病廢母劬不可堪自得女逸甚心德之日漸稔親愛如己出竟忘其爲鬼不忍晚令去留與同臥起女初來未嘗食飲半年漸啜稀酏母子皆溺愛之諱言其鬼人亦不之辨也無何甯妻亡母陰有納女意然恐於子不利女微窺之乘間告母曰居年餘當知兒肝鬲爲不欲禍行人故從郎君來區區無他意止以公子光明磊落爲天人所欽矚實欲依贊三數年借博封誥以光泉壤母亦知其無惡但懼不能延宗嗣女曰子女惟天所授郎君註福籍有亢宗子三不以鬼妻而遂奪也

母信之與子議寧喜因列筵告戚黨或請覿新婦女慨
然華妝出一堂盡眙反不疑其鬼疑爲仙由是五黨諸
内眷咸執贄以賀爭拜識之女善畫蘭梅輒以尺幅酬
荅得者藏什襲以爲榮一日俛頸窗前怊悵若失忽問
革囊何在曰以卿畏之故緘置他所曰妾受生氣已久
當不復畏宜取挂牀頭寧詰其意曰三日來心怔忡無
停息意金華妖物恨妾遠遁恐旦晚尋及也寧果攜革
囊來女反覆審視曰此劍仙將盛人者也敝敗至此不
知殺人幾何許妾今日視之肌猶粟慄乃懸之次日又

命移懸戶上夜對燭坐約寧勿寢欻有一物如飛鳥墮
女驚匿夾幙間寧視之物如夜叉狀電目血口睒閃攫
拏而前至門卻步逡巡久之漸近革囊以爪摘取似將
爪裂囊忽格然一響大可合簣恍惚有鬼物突出半身
揪夜叉入聲遂寂然囊亦頓縮如故寧駭詫女亦出大
喜曰無恙矣共視囊中清水數斗而已後數年寧果登
進士舉一男納妾後又各生一男皆仕進有聲

水莽草

水莽毒草也蔓生似葛花紫類扁豆悞食之立死即爲

水莽鬼俗傳此鬼不得輪廻必再有毒死者始代之以故楚中桃花江一帶此鬼尤多云楚人以同歲生爲同年投刺相謁呼庚兄庚弟子姪呼庚伯習俗然也有祝生造其同年某中途燥渴思飲俄見道旁一媪張棚施飲趨之媪承迎入棚給奉甚殷嗅之有異味不類茶茗置不飲起而出媪急止客便喚三娘可將好茶一杯來俄有少女捧茶自棚後出年約十四五姿容豔絕指環臂釧晶瑩鑑影生受琖神馳嗅其茶芳烈無倫吸盡再索覷媪出戲捉纖腕脫指環一枚女頳頰微笑生益惑

畧詰門戶女云郎暮來妾猶在此也生求茶葉一撮並藏指環而去至同年家覺心頭作惡疑茶爲患以情告某某駭曰殆矣此水莽鬼也先君死於是是不可救且爲奈何生大懼出茶驗之真水莽草也又出指環述女子情狀某懸想曰此必寇三娘也生以其名確符問何故知曰南村富室寇氏女夙有豔名數年前悞食水莽而死必此爲魅或言受魅者若知鬼姓氏求其故襠煮服可痊某急詣寇所實告以情長跪哀懇寇以生將代女死故靳不與某忿而返以告生生亦切齒恨之曰我

死必不令彼女脫生某昇送之將至家門而卒母號涕送之遺一子甫周歲妻不能守栢舟節半年改醮去母留孤自哺劬瘁不堪朝夕悲啼一日方抱兒哭室中生悄然忽入母大駭揮涕問之荅云兒地下聞母哭甚愴於懷故來奉晨昏耳兒雖死已有家室卽同來分母勞母其勿悲母問兒婦何人曰寇氏坐聽兒死兒甚恨之死後欲尋三娘而不知其處近遇某庚伯始相指示兒往則三娘已投生任侍郎家兒馳去强捉之來今爲兒婦亦相得頗無苦移時門外一女子入華粧艷麗伏地拜母生曰此寇三娘也雖非生人母視之情懷差慰生便遣三娘操作三娘雅不習慣然承順殊憐人由此居故室遂留不去女請母告諸其家生意勿告而母承女意卒告之寇家翁媪聞而大駭命車疾至視之果三娘相向哭失聲女勸止之媪視生家良貧意甚憂悼女曰人已鬼又何厭貧且祝郎母子情義拳拳兒固已安之矣因問茶媪誰也曰彼倪姓自慚不能惑行人故求兒助之耳今已生於郡城賣漿者之家因顧生曰旣壻矣而不拜岳妾復何心生乃投拜女便入廚下代母執炊

供翁媪媪視之悽心既歸卽遣兩婢來爲之服役金百斤布帛數十匹酒胾不時餽送小阜祝母矣寇亦時招歸寧居數日輒曰家中無人宜早送兒還或故稽之則飄然自歸翁乃代生起夏屋營備臻至然生終未嘗至翁家一日村中有中水莽毒者死而復甦相傳爲異生曰是我活之也彼爲李九所害我爲之驅其鬼而去之母曰汝何不取人以自代曰兒深恨此等輩方將盡驅除之何屑爲此且兒事母最樂不願生也由是中毒者往往具豐筵禱其庭輒有効積十餘年母死生夫婦亦

哀毀但不對客惟命兒縗麻擗踊教以禮義而已葬母後又二年餘爲兒娶婦婦任侍郎之孫女也先是任公妾生女數月而殤後聞祝女之異遂命駕其家訂翁壻焉至是遂以孫女妻其子往來不絕矣一日謂子曰上帝以我有功人世策爲四瀆牧龍君今行矣俄見庭下有四馬駕黃幨車馬四股皆鱗甲夫妻盛裝出同登一輿子及婦皆泣拜瞬息而渺是日寇家見女來拜別翁媪亦如生言媪泣挽留女曰祝郎先去矣出門遂不復見其子名鶚字離塵請諸寇翁以三娘體骨與生合葬

焉

鳳陽士人

鳳陽一士人負笈遠遊謂其妻曰半年當歸十餘月竟無耗問妻翹盼綦切一夜纔就枕紗月搖影離思縈懷方反側間有一麗人珠鬟絳帔搴帷而入笑問姊姊得無欲見郎君乎妻急起應之麗人邀與共往妻憚修阻麗人但請勿慮即挽女手出並踏月色約一矢之遠覺麗人行迅速女步履艱澀呼麗人少待將歸著複履麗人牽坐路側自乃捉足脫履相假女喜著之幸不鑿枘

復起從行健步如飛移時見士人跨白騾來見妻大驚急下騎問何往女曰將以探君又顧問麗者伊誰女未及荅麗人掩口笑曰且勿問訊娘子奔波匪易郎君星馳夜半人畜想當俱殆妾家不遠且請息駕早旦而行不晚也顧數武之外即有村落遂同行入一庭院麗人促睡婢起供客曰今夜月色皎然不必命燭小臺石榻可坐士人縶蹇檐梧乃即坐麗人曰履大不適於體途中頗累贅否歸有代步乞賜還也女稱謝付之俄頃設酒果麗人酌曰鸞鳳久乖圓在今夕濁醪一觴敬以為

賀士人亦執琖酬荅主客笑言履舄交錯士人注目麗人屢以游詞相挑夫妻乍聚並不寒暄一語麗人亦美目流情妖言隱謎女惟默坐僞爲愚者久之漸酣二人語益狎又以巨觥勸客士人以醉辭勸之益苦士人笑曰卿爲我度一曲卽當飲麗人不拒卽以牙板撫提琴而歌曰黃昏卸得殘粧罷窗外西風冷透紗聽蕉聲一陣一陣細雨下何處與人閑磕牙望穿秋水不見還家潸潸淚似麻又是想他又是恨他手拿著紅繡鞋兒占鬼卦歌竟笑曰此市井里巷之謠不足汚君聽然因流俗所尚姑效顰耳音聲靡靡風度狎褻士人搖惑若不自禁少間麗人僞睡離席士人亦起從之而去久之不至婢子乏疲伏睡廊下女獨坐塊然無侶中心憤恚頗難自堪思欲遁歸而夜色微茫不憶道路輾轉無以自主因起而覘之裁近其牎則斷雲零雨之聲隱約可聞又聽之聞良人與已素常猥褻之狀盡情傾吐女至此手顫心搖殆不可過念不如出門竄溝壑以死憤然方行見弟三郎乘馬而至遽便下問女具以告三郎大怒立與姊回直入其家則室門扃閉枕上之語猶喁喁也

三郎舉巨石如斗拋擊窗櫺三五碎斷內大呼曰郎君腦破矣柰何女聞之愕然大哭謂弟曰我不謀與汝殺郎君今且若何三郎撐目曰汝嗚嗚促我來甫能消此心中惡又護男兒怨弟兄我不貫與婢子供指使返身欲去女牽衣曰汝不攜我去將何之三郎揮姊撲地脫體而去女頓驚寤始知其夢越日士人果歸乘白騾女異之而未言士人是夜亦夢所見所遭述之悉符互相駭怪既而三郎聞姊夫遠歸亦來省問語次謂士人曰昨宵夢君歸今果然亦大異士人笑曰幸不爲巨石所斃三郎愕然問故士以夢告三郎大異之蓋是夜三郎亦夢遇姊泣訴憤激投石也三夢相符但不知麗人何許耳

珠兒

常州民李化富有田產年五十餘無子一女名小惠容貌秀美夫妻最愛憐之十四歲暴病夭殂冷落庭幃益少生趣始納婢經年餘生一子視如拱璧名之珠兒兒漸長魁梧可愛然性絕癡五六歲尚不辨菽麥言語殭澁李亦好而不知其惡會有眇僧募緣於市輒知人閨

闔於是相驚以神且云能生死禍福人幾十百千執名
以索無敢違者詣李募百緡李難之給十金不受漸至
三十金僧厲色曰必百緡缺一文不可李亦怒收金遽
去僧忿然而起曰勿悔勿悔無何珠兒心暴痛巴刮牀
席色如土灰李懼將八十金詣僧乞救僧笑曰多金大
不易然山僧何能爲李歸而兒已死李慟甚以狀愬邑
宰宰拘僧訊鞫亦辯給無情詞答之似擊鞔革令搜其
身得木人二小棺一小旗幟五宰怒以手疊訣舉視之
僧乃懼自投無數宰不聽杖殺之李叩謝而歸時已曛

暮與妻坐牀上忽一小兒佂儴入室曰阿翁行何疾極
力不能得追視其體貌當得七八歲李驚方將詰問則
見其若隱若現恍惚如烟霧宛轉間已登榻坐李推下
之墮地無聲曰阿翁何乃爾瞥然復登李懼與妻俱奔
兒呼阿父阿母嘔啞不休李入妾室急闔其扉還顧兒
已在膝下李駭問何爲荅曰我蘇州人姓詹氏六歲失
怙恃不爲兄嫂所容逐居外祖家偶戲門外爲妖僧迷
殺桑樹下驅使如倀鬼冤閉窮泉不得脫化幸賴我翁
昭雪願得爲子李曰人鬼殊途何能相依兒曰但除斗

室爲兒設牀褥日燒一盃冷漿粥餘都無事李從之兒
喜遂獨臥室中晨來出入閨闥了不異人聞妻哭子聲
問珠兒死幾日矣荅以七日曰天嚴寒尸當不腐試發
冢啓視如未損壞兒當得活李喜與兒去開穴驗之軀
殼如故方此忉怛回視失兒所在異之舁尸歸方置榻
上目已瞥動少頃呼湯湯已而汗汗已遂起羣喜珠兒
復生又加之慧黠便利迥異曩昔但夜間僵臥毫無氣
息共轉側之冥然若死衆大愕謂其復死天將明始若
夢醒羣就問之荅云昔從妖僧時有兒等二人其一名

哥子昨追阿父不及蓋在後與哥子作別耳今在冥間
爲姜員外作義嗣亦甚優游夜分固來邀兒戲適以白
鼻騧送兒歸母因問在陰司見珠兒否曰珠兒已轉生
矣渠與阿父無父子緣不過金陵嚴子方來討百十千
債負耳初李販於金陵欠嚴貨價未償而嚴翁死此事
人無知者李聞之大駭母問兒見惠姊否兒曰不知再
去當訪之又二三日謂母曰惠姊在冥中大好嫁得楚
江王小郎子珠翠滿頭髻一出門便十百作呵殿聲母
曰何不一歸寧曰人既死都與骨肉無關切倘有細述

前生者方豁然動念耳昨託姜員外賫緣見姊姊呼我坐珊瑚牀上與言父母懸念渠都如眠睡兒云姊在時喜繡並蔕花剪刀刺手爪血浣綾子上姊就刺作赤水雲今母猶挂牀頭壁顧念不去心姊忘之乎姊始悽感云會須白郎君歸省阿母母問其期荅言不知一日謂母姊行且至僕從大繁當多備漿酒少間奔入室曰姊來矣移榻中堂曰姊姊且憩坐少悲啼諸人悉無所見兒率人焚紙酬飲於門外反曰騶從暫令去矣姊言昔日所覆綠錦被曾爲燭花燒一點如豆大尚在否母曰

在即啟笥出之兒曰姊命我陳舊閨中乏疲且小臥翊日再與阿母言東鄰趙氏女故與惠爲繡閣交是夜忽夢惠幞頭紫帔來相望言笑如平生且言我今異物父母覿面不啻河山將借妹子與家人共語勿須驚恐質明方與母言忽撲地悶絕踰刻始醒向母曰小惠與阿嬸別幾年矣頓鬖鬖白髮生母駭曰兒病狂耶女拜別即出母知其異從之直達李所抱母哀啼母驚不知所謂女曰兒昨歸頗委頓未遑一言兒不孝中途棄高堂勞父母哀念罪何可贖母頓悟乃哭已而問曰聞兒今

貴甚慰母心但汝棲身王家何遂能來女曰郎君與兒極燕好姑舅亦相撫愛頗不謂妒醜惠生時好以手支頤女言次輒作故態神情宛似未幾珠兒奔入曰接姊者至矣女乃起拜別泣下曰兒去矣言訖復踣移時乃甦後數月李病劇醫藥罔效兒曰旦夕恐不救也二鬼坐牀頭一執鐵杖子一挽苧蔴繩長四五尺許兒晝夜哀之不去母哭乃備衣衾既暮兒趨入曰雜人婦且避去姊夫來視阿翁俄頃鼓掌而笑母問之曰我笑二鬼聞姊夫至俱匿牀下如龜鼈又少時望空道寒暄問姊

夫起居既而拍掌曰二鬼奴哀之不去至此大快乃出至門外卻回曰姊夫去矣二鬼被鎖馬鞅上阿父當即無恙姊夫言歸白大王爲父母乞百年壽也一家俱喜至夜病良已數日尋瘥延師教兒讀兒甚慧十八入邑庠猶能言冥間事見里中病者輒指鬼祟所在以火爇之往往得瘳後暴病體膚青紫自言鬼神責我綻露由是不復言

小官人

太史某公忘其姓氏晝臥齋中忽有小鹵簿出自堂陬

馬大如蛙人細如指小儀仗以數十隊一官冠皁紗著繡幞乘肩輿紛紛出門而去公心異之竊疑睡眼之訛頓見一小人返入舍攜一氊包大如拳徑造牀下白言家主人有不腆之儀敬獻太史言已對立卻又不陳其物少間又自笑曰戔戔微物想太史亦當無所用不如賜小人太史頷之欣然攜之而去後不復見惜太史中餒不曾詰所自來

胡四姐

尚生泰山人獨居清齋會值秋夜銀河高耿明月在天徘徊花陰頗存遐想忽有一女子踰垣來笑曰秀才何思之深生就視容華若仙驚喜擁入窮極狎昵自言胡氏名三姐問其居第但笑不言生亦不復置問惟相期永好而已自此臨無虛夕一夜與生促膝燈幕生愛之矚眸不轉女笑曰眈眈視妾何爲曰我視卿如紅藥碧桃即竟夜視不爲厭也女曰妾陋質遂青盼若此若見吾家四妹不知顛倒何似生益傾動恨不一見顏色長跪哀請踰夕果偕四姐來年方及笄荷粉露垂杏花烟潤嫣然含笑媚麗欲絕生狂喜引坐三姐與生同笑語

四姐惟手引繡帶俛首而已未幾三姐起別妹欲從行生曳之不釋顧三姐曰卿卿煩一致聲三姐乃笑曰狂郎情急矣妹子一爲少留四姐無語姐遂去二人備盡歡好既而引臂替枕傾吐生平無復隱諱四姐自言爲狐生依戀其美亦不之怪四姐因言阿姐狠毒業殺三人矣惑之罔不斃者妾幸承溺愛不忍見滅亡當早絕之生懼求所以處四姐曰妾雖狐得仙人正法當書一符粘寢門可以卻之遂書之既曉三姐來見符卻退曰婢子負心傾意新郎不憶引線人矣汝兩人合有夙分余亦不相仇但何必爾乃逕去數日四姐他適約以隔夜是日生偶出門眺望山下故有槲木蒼莽中出一少婦亦頗風韵近謂生曰秀才何必沾沾戀胡家姊妹渠又不能以一錢相贈即以一貫授生曰先持歸貰良醞我即攜小肴饌來與君爲歡生懷錢歸果如所教少間婦果至置几上燔雞鹹彘肩各一即抽刀子縷切爲臠釃酒調謔歡洽異常繼而滅燭登牀狎情蕩甚既曙始起方坐牀頭捉足易舄忽聞人聲傾聽已入幃幕則胡姊妹也婦乍睹倉皇而遁遺舄於牀二女逐叱曰騷狐

何敢與人同寢處追去移時始返四姐怨生曰君不長進與騷狐相匹偶不可復近遂悻悻欲去生惶恐自投情詞哀懇三姐從旁解免四姐怒稍釋由此相好如初一日有陝人騎驢造門曰吾尋妖物匪伊朝夕乃今始得之生父以其言異訊所由來曰小人日泛烟波遊四方終歲十餘月常八九離桑梓被妖物蠱殺吾弟歸甚悼恨誓必尋而殄滅之奔波數千里殊無跡兆今在君家不剪當繼吾弟亡者時生與女密邇父母微察之聞客言大懼延入令作法出二瓶列地上符咒良久有黑

霧四團分投瓶中客喜曰全家都到矣遂以豬脬裹瓶口緘封甚固生父亦喜堅留客飯生心惻然近瓶竊聽四姐在瓶中言曰坐視不救君何負心生益感動急啟所封而結不可解四姐又曰勿須爾但放倒壇上旗以針刺脬作孔予即出矣生如其請果見白氣一絲自孔中出凌霄而去客出見旗倒地上大驚曰遁矣此必公子所爲搖瓶俯聽曰幸止亡其一此物合不死猶可赦乃攜瓶別去後生在野督傭刈麥遙見四姐坐樹下生近就之執手慰問且曰別後十易春秋今大丹已成但

思君之念未忘故復一拜問生欲與偕歸女曰妾非昔比不可以塵情染後當復見耳言已不知所在又二十年餘生適獨居見四姐自外至生喜與語女曰我今名列仙籍本不應再履塵世但感君情敬報撤瑟之期可早處分後事亦勿悲憂妾當度君爲鬼仙亦無苦乃別而去至日生果卒尚生乃友人李文玉之戚好嘗親見之

祝翁

濟陽祝村有祝翁者年五十餘病卒家人入室理縗經

忽聞翁呼甚急羣奔集靈寢則見翁已復活羣喜慰問翁但謂媼曰我適去拚不復返行數里轉思拋汝一副老皮骨在兒輩手寒熱仰人亦無復生趣不如從我去故復歸欲偕爾同行也咸以其新蘇妄語殊未深信翁又言之媼云如此亦復佳但方生如何便得死翁揮之曰是不難家中俗務可速作料理媼笑不去翁又促之乃出戶外延數刻而入紿之曰處置安妥矣翁命速妝媼不去翁催益急媼不忍拂其意遂裙妝以出媳女皆匿笑翁移首於枕手拍令臥媼曰子女皆在雙雙挺臥

是何景象翁撻牀曰並死有何可笑子女輩見翁躁急共勸媼姑從其意媼如言並枕僵臥家人又共笑之俄視媼笑容忽斂又漸而兩眸俱合久之無聲儼如睡去衆始近視則膚已冰而鼻無息矣試翁亦然始共驚怛康熙二十一年翁弟婦傭於畢刺史之家言之甚悉

異史氏曰翁其夙有畸行與泉路茫茫去來由爾奇矣且白頭者欲其去則呼令去何其暇也人當屬纊之時所最不忍訣者牀頭之暱人耳苟廣其術則賣履分香可以不事矣

俠女

顧生金陵人博於材藝而家綦貧又以母老不忍離膝下惟日爲人書畫受贄以自給行年二十有五伉儷猶虛對戶舊有空第適一老嫗及少女稅居其中以其家無男子故未問其誰何一日偶自外入見女郎自母房中出年約十八九秀曼都雅世罕其匹見生不甚避而意凜如也生入問母母曰是對戶女郎就吾乞刀尺適言其家亦只一母此母女不似貧家產問其何爲不字則以母老爲辭明日當往拜其母便風以意倘所望不

育兒可代養其老明日造其室其母一聾媼耳視其室並無隔宿糧問所業則仰女十指徐以同食之謀試之媼意似納而轉商其女女默然意殊不然母乃歸詳其狀而疑曰女子得非嫌吾貧乎爲人不言亦不笑艷如桃李而冷如霜雪奇人也母子猜嘆而罷一日生坐齋頭有少年來求畫姿容甚美意頗儇佻詰其所自以鄰村對嗣後三兩日輒一至稍稍稔熟漸以嘲謔生狎抱之亦不甚拒遂私焉由此往來暱甚會女郎過少年目送之問以爲誰對以鄰女少年曰艷麗如此神情一何

可畏少間生入內母曰適女子來乞米云不舉火者經日矣此女至孝貧極可憫宜少周卹之生從母言負斗粟款門而達母意女受之亦不申謝日嘗至生家見母作衣履便代縫紉出入堂中操作如婦生益德之每獲餽餌必分給其母女亦略不置齒頰母適疽生陰處宵旦號咷女時就榻省視爲之洗創敷藥日三四作母意甚不自安而女不厭其穢母曰唉安得新婦如兒而奉老身以死也言訖悲哽女慰之曰郎子大孝勝我寡婦孤女什百矣母曰牀頭蹀躞之役豈孝子所能爲者且

身已向暮且夕犯霧露深以祧續爲憂耳言間生入母泣曰虧娘子良多汝無忘報德生伏拜之女曰君敬我母我弗謝也君何謝焉於是益敬愛之然其舉止生硬毫不可干一日女出門生目注之女忽回首嫣然而笑生喜出意外趍而從諸其家挑之亦不拒欣然交懽已戒生曰事可一而不可再生不應而歸明日又約之女厲色不顧而去日頻來時相遇並不假以詞色稍游戲之則冷語冰人忽於空處問生曰來少年誰也生告之女曰彼舉止態狀無禮於妾頻矣以君之狎昵故置之請便寄語再復爾是不欲生也已少年至生以告且曰子必愼之是不可犯少年曰既不可犯君何犯之生白其無曰如其無則猥褻之語何以達君聽哉生不能荅少年曰亦煩寄語假惺惺勿作態不然我將徧播揚生甚怒之情見於色少年方去一夕獨坐女忽至笑曰我與君情緣未斷寧非天數生狂喜而抱於懷欻聞履聲籍籍兩人驚起則少年推扉入矣生驚問子胡爲者笑曰我來觀貞潔之人耳顧女曰今不怪人耶女眉竪頰紅默不一語急翻上衣露一革囊應手而出則尺許晶

瑩七首也少年見之駭而卻走追出戶外四顧渺然女以七首望空拋擲戞然有聲燦若長虹俄一物墮地作響生急燭之則一白狐身首異處矣大駭女曰此君之孌童也我固恕之柰渠定不欲生何收刃入囊生拽令入曰適以妖物敗意請俟來宵出門逕去次夕女果至遂共綢繆詰其術女曰此非君所知宜須慎祕洩恐不爲君福又訂以嫁娶曰枕席焉提汲焉非婦伊何也業夫婦矣何必復言嫁娶乎生曰將勿憎吾貧耶曰君固貧妾富耶今宵之聚正以憐君貧耳臨別囑曰苟且之

行不可以屢當來我自來不當來相強無益後相值每欲引與私語女輒走避然衣綻炊薪悉爲紀理不啻婦也積數月其母死生竭力營葬之女由是獨居生意其孤寂可亂踰垣入隔窗頻呼迄不應視其門則空室扃焉竊疑女有他約夜復往亦如之遂留佩玉於窗間而去之越日相遇於母所既出而女尾其後曰君疑妾耶人各有心不可以告人今欲使君無疑烏可得然一事煩急爲謀問之曰妾體孕已八月矣恐旦晚臨盆妾身未分明能爲君生之不能爲君育之可密告老母覓

乳媪僞爲討螟蛉者勿言妾也生諾以告母母笑曰異哉此女聘之不可而顧私於我兒喜從其謀以待之又月餘女數日不出母疑之往探其門蕭蕭閉寂叩良久女始蓬頭垢面自內出啟而入之則復闔之入其室則呱呱者在牀上矣母驚問誕幾時矣荅云三日捉繃席而視之男也且豐頤而廣額喜曰兒已爲老身育孫子伶仃一身將焉所托女曰區區隱衷不敢掬示老母俟夜無人可即抱兒去母歸與子言竊共異之夜往抱子歸更數夕夜將半女忽款門入手提革囊笑曰大事已了請從此別急詢其故曰養母之德刻刻不去於懷向云可一而不可再者以相報不在牀第也爲君貧不能婚將爲延一綫之續本期一索而得不圖信水復來遂至破戒而再今君德既酬妾志已遂無憾矣問囊中何物曰仇人頭耳檢而窺之鬚髮交而血模糊也駭絕復致研詰曰向不與君言者以機事不密懼有宣洩今事已成不妨相告妾浙人父官司馬陷於仇被籍吾家妾負老母出隱姓名埋頭項已三年矣所以不即報者徒以老母在母去一塊肉又累腹中因而遲之又久曩夜

出非他道路門戸未稔恐有訛悞耳言已出門又囑曰所生兒善視之君福薄無壽此兒可光門閭夜深不得驚老母我去矣方悽然欲詢所之女一閃如電瞥爾間遂不復見生嘆惋木立若喪魂魄明日告母相爲嗟異而已後三年生果卒子十八舉進士猶奉祖母以終老云

異史氏曰人必室有俠女而後可以畜孌童也不然爾愛其艾豭彼愛爾婁豬矣

王漁洋曰神龍見首不見尾此俠女其猶龍乎

酒友

車生者家不中貲而耽飲夜非浮三白不能寢也以故牀頭尊常不空一夜睡醒轉側間似有人共臥者意是覆裳墮耳摸之則茸茸有物似貓而巨燭之狐也酣醉而犬臥視其瓶則空矣笑曰此我酒友也不忍驚覆衣加臂與之共寢留燭以觀其變半夜狐欠伸生笑曰美哉睡乎啟覆視之儒冠之俊人也起拜榻前謝不殺之恩生曰我癖於麴蘖而人以爲癡卿我鮑叔也如不見疑當作糟邱之良友曳登榻復共寢且言卿可常相臨

無相猜狐諾之生既醒則狐已去乃治旨酒一盛專伺狐抵夕果至促膝歡飲狐量豪善諧於是恨相得晚狐曰屢叨良醖何以報德生曰斗酒之歡何置齒頰狐曰雖然君貧士杖頭錢大不易當爲君少謀酒貲明夕來告曰去此東南七里道側有遺金可早取之詰旦而往果得二金乃市佳殽以佐夜飲狐又告曰院後有窖藏宜發之如其言果得錢百餘千喜曰囊中已自有莫漫愁沽矣狐曰不然轍中水胡可以久掬合更謀之異日謂生曰市上蕎價廉此奇貨可居從之收蕎四十餘石人咸非笑之未幾大旱禾豆盡枯惟蕎可種售種息十倍由此益富治沃田二百畝但問狐多種麥則麥收多種黍則黍收一切種植之早晚皆取決於狐日稔密呼生妻以嫂視子猶子焉後生卒狐遂不復來

王漁洋云車君灑脫可喜

蓮香

桑生名曉字子明沂州人少孤館於紅花埠桑爲人靜穆自喜日再出就食東鄰餘時堅坐而已東鄰生偶至戲曰君獨居不畏鬼狐耶笑荅云丈夫何畏鬼狐雄來

吾有利劍雌者尚當開門納之鄰生歸與友謀梯妓於垣而過之彈指叩扉生窺問其誰妓自言爲鬼生大懼齒震震有聲妓逡巡自去鄰生早至生齋生述所見且告將歸鄰生鼓掌曰何不開門納之生頓悟其假遂安居如初積半年一女子夜來扣齋生意友人之復戲也啟戶延入則傾國之姝驚問所來曰妾蓮香西家妓女埠上青樓故多信之息燭登牀綢繆甚至自此三五日輒一至一夕獨坐凝思一女子翩然入生意其蓮香逆與語覿面殊非年僅十五六嚲袖垂髫風流秀曼行步

之間若還若往大愕疑爲狐女曰妾良家女姓李氏慕君高雅幸賜垂盼生喜握其手冷如冰問何涼也曰幼質單寒夜蒙霜露那得不爾既而羅襦衿解儼然處子女曰妾爲情緣葳蕤之質一朝失守不嫌鄙陋願常侍枕蓆房中得無有人否生云無他止一鄰娼顧亦不常至女曰謹當避之妾不與院中人等君祕勿洩彼來我往彼往我來可耳雞鳴欲去贈繡履一鉤曰此妾下體所著弄之足寄思慕然有人慎無弄也受而視之翹翹如解結錐心甚愛悅越夕無人便出審玩女飄然忽至

遂相欵昵自此每出履則女必應念而至異而詰之笑曰適當其時耳一夜蓮香來驚云郎何神氣蕭索生言不自覺蓮便告别相約十日去後李來恒無虛夕問君情人何久不至因以所約告李笑曰君視妾何如蓮香美曰可稱兩絕但蓮卿肌膚溫和李變色曰君謂雙美對妾云爾渠必月殿仙人妾定不及因而不懽乃屈指計十日之期已滿囑勿漏將竊窺之次夜蓮香果至笑語甚洽及寢大駭曰殆矣十日不見何益憊損保無他遇否生詢其故曰妾以神氣驗之脈析析如亂絲鬼症

也次夜李來生問窺蓮香何似曰美矣妾固疑世間無此佳人果狐也去吾尾之南山而穴居生疑其妒漫應之踰夕戲蓮香曰余固不信或謂卿狐者蓮亟問是誰之云笑曰我自戲卿蓮曰狐何異於人曰惑之者病甚則死是以可懼蓮曰不然如君之年房後三日精氣可復縱狐何害設旦旦而伐之人有甚於狐者矣天下癆尸瘵鬼寧皆狐蠱死耶雖然必有議我者生力白其無蓮詰益力生不得已洩之蓮曰我固怪君憊也然何遽至此得勿非人乎君勿言明宵當如渠之窺妾者是夜

李至裁三數語聞窗外嗽聲急亡去蓮入曰君殆矣是眞鬼物暱其美而不速絕冥路近矣生意其妒默不語蓮曰固知君不能忘情然不忍視君死明日當攜藥餌爲君一除陰毒幸病蔕猶淺十日恙當已請同榻以俟痊可次夜果出刀圭藥啖生頃刻洞下兩三行覺臟腑淸虛精神頓爽心德之然終不信爲鬼病蓮夜夜同衾偎生生欲與合輒拒之數日後膚革充盈欲別殷殷囑絕李生謬應之及閉戶挑燈輒捉履傾想李忽至數日隔絕頗有怨色生曰彼連宵爲我作巫醫請勿爲懟情

好在我李稍懌生枕上私語曰我愛卿甚乃有謂卿鬼者李結舌良久罵曰必淫狐之惑君聽也若不絕之妾不來矣遂嗚嗚飲泣生百詞慰解乃罷隔宿蓮香至知李復來怒曰君必欲死耶生笑曰卿何相妒之深蓮益怒曰君種死根妾爲若除之不妒者將復如何生托詞以戲曰彼云前日之疾爲狐祟耳蓮乃嘆曰誠如君言君迷不悟萬一不虞妾百口何以自解請從此辭百日後當視君於臥榻中留之不可怫然逕去由是李夙夜必偕約兩月餘覺大困頓初猶自寬解日漸羸瘠惟飲

餌粥一甌欲歸就養尚戀戀不忍遽去因循數日沉綿不可復起鄰生見其病憊日遣館童餽給飲食生至是始疑李因謂李曰吾悔不聽蓮香之言一至於此言訖而瞑移時復甦張目四顧則李已去自是遂絕生羸臥空齋思蓮香如望歲一日方凝想間忽有搴簾入者則蓮香也臨榻哂曰田舍郎我豈妄哉生哽咽良久自言知罪但求拯救蓮曰病入膏肓實無救法姑來永訣以明非妒生大悲曰枕底一物煩代碎之蓮搜得履持就燈前反覆展玩李女歘入猝見蓮香返身欲遁蓮以身蔽門李窘急不知所出生責數之李不能荅蓮笑曰妾今始得與阿姨面相質曩謂郎君舊疾未必非妾致今竟何如李俛首謝過蓮曰佳麗如此乃以愛結仇耶李投地隕泣乞垂憐救蓮扶起細詰生平曰妾李通判女早夭瘞於牆外已死春蠶遺絲未盡與郎偕好妾之願也致郎於死良非素心蓮曰聞鬼物利人死以死後可常聚然否曰不然兩鬼相逢並無樂趣如樂也泉下少年郎豈少哉蓮曰癡哉夜夜爲之人且不堪而況於鬼李問狐能死人何術獨否蓮曰是採補者流妾非其類

故世有不害人之狐斷無不害人之鬼以陰氣盛也生聞其語始知狐鬼皆真幸習常見慣頗不爲駭但念殘息如絲不覺失聲大痛蓮顧問何以處郎君者李赧然遜謝蓮笑曰恐郎強健醋娘子要食楊梅也李斂衽曰如有醫國手使妾得無負郎君便當埋首地下敢靦然人世耶蓮解囊出藥曰妾早知有今別後采藥三山凡三閱月物料始備瘵蠱至死投之無不蘇者然症何由得仍以何引不得不轉求效力問何需曰櫻口中一點香唾耳我以丸進煩接口而唾之李暈生頤頰俯首轉側而視其履蓮曰妹所得意惟履耶李益慚俯仰若無所容蓮曰此平時熟技今何吝焉遂以丸納生吻轉促逼之李不得已唾之蓮曰再又唾之凡三四唾丸已下咽少間腹殷然如雷鳴復納一丸乃自接唇而布以氣生覺丹田火熱精神煥發蓮曰愈矣李聽雞鳴傍徨別去蓮以新瘥尚須調攝就食非計因將外戶反關僞示生歸以絕交往日夜守護之李亦每夕必至給奉殷勤事蓮猶姊蓮亦深憐愛之居三月生健如初李遂數夜不至偶至一望即去相對時亦悒悒不樂蓮常留與共

寢必不肯生追出提抱以歸身輕如芻靈女不得遁遂著衣偃臥蜷其體不盈二尺蓮益憐之陰使生狎抱之而撼搖亦不得醒生睡去覺而索之已杳後十餘日更不復至生懷思殊切恒出履共弄蓮嘆曰窈娜如此妾見猶憐何況男子生曰昔日弄履則至心固疑之然終不料其鬼今對履思容實所愴惻因而泣下先是富室章姓有女字燕兒年十五不汗而死終夜復蘇起顧欲奔章扃戶不聽出女自言我通判女魂感桑郎眷注遺舄猶存彼處我真鬼耳錮我何益以其言有因詰其至

此之由女低徊反顧茫不自解或有言桑生病歸者女執辯其誣家人大疑東鄰生聞之踰垣往窺見生方與美人對語掩入逼之張皇間已失所在鄰生駭詰生笑曰向固與君言雌者則納之耳鄰生述燕兒之言生乃啟關將往偵探苦無由章母聞生果未歸益奇之故使傭媼索履生遂出以授燕兒得之喜試著之鞋小於足者盈寸大駭攬鏡自照忽恍然悟己之借軀以生也者因陳所由母始信之女鏡面大哭曰當日形貌頗堪自信每見蓮姊猶增慚怍今反若此人也不如其鬼也把

啟號咷勸之不解蒙衾僵臥食之亦不食體膚盡腫凡七日不食卒不死而腫漸消覺飢不可忍乃復食數日遍體瘙癢皮盡脫晨起睡舄遺墮索著之則碩大無朋矣因試前履肥瘦脗合乃喜復自鏡則眉目頤頰宛肖生平益喜盥櫛見母見者盡眙蓮香聞其異勸生以媒通之而以貧富懸絕不敢遽進會媼初度因從其子壻行往爲壽媼睹生名故使燕兒窺簾認客生最後至女驟出捉袂欲從與俱歸母訶譙之始慚而入生審視宛然不覺零涕因拜伏不起媼扶之不以爲侮生出浼母

舅執柯媼議擇吉贅生生歸告蓮香且商所處蓮悵然良久便欲別去生大駭泣下蓮曰君行花燭於人家妾從而往亦何形顏生謀先與旋里而後迎燕蓮乃從之生以情白章章聞其有室怒加誚讓燕兒力白之乃如所請至日生往親迎家中備具頗甚草草及歸則自門達堂悉以罽毯貼地百千籠燭燦列如錦蓮香扶新婦入青廬搭面既揭歡若生平蓮陪巹飲細詰還魂之異燕曰爾日抑鬱無聊徒以身爲異物自覺形穢別後憤不歸墓隨風漾泊每見生人則羨之晝憑草木夜則信

足沉浮偶至章家見少女臥牀上迎附之未知遂能活也蓮聞之默默若有所思逾兩月蓮舉一子產後暴病日就沉綿捉燕臂曰敢以孽種相累我兒即若兒燕泣下姑慰藉之爲召巫醫輒卻之沉痼彌留氣如懸絲生及燕兒皆哭忽張目曰勿爾子樂生我自樂死如有緣十年後可復相見言訖而卒啟衾將斂尸化爲狐生不忍異視厚葬之子名狐兒燕撫如已出每清明必抱兒哭諸其墓後數年生舉於鄉家漸裕而燕苦不育狐兒頗慧然單弱多疾燕每欲生置媵一日婢忽白門外一

嫗攜女求售燕呼入卒見大驚曰蓮姊復出耶生視之眞似亦駭問年幾何荅云十四聘金幾何曰老身止此一塊肉但俾得所妾亦得噉飯處後日老骨不委溝壑足矣生優價而留之燕握女手入密室提其頷而笑曰汝識我否荅言不識詰其姓氏曰妾韋姓父徐城賣漿者死三年矣燕屈指停思蓮死恰十有四載又審顧女儀容態度無一不神肖者乃拍其頂而呼之曰蓮姊蓮姊十年相見之約當不欺吾女忽如夢醒豁然曰咦因熟視燕兒生笑云此似曾相識之燕歸來也女泣然曰

是矣聞母言妾生時便能言以爲不祥犬血飲之遂昧宿因今日殆如夢寤娘子其恥於爲鬼之李妹耶共話前生悲喜交集一日寒食燕曰此每歲妾與郎君哭姊日也遂與親登其墓荒草離離木已拱矣女亦太息李謂生曰妾與蓮姊兩世情好不忍相離宜令白骨同穴生從其言啟李冢得骸舁歸而合葬之親朋聞其異吉服臨穴不期而會者數百人余庚戌南游至沂阻雨休於旅舍有劉生子敬其中表親出同社王子章所撰桑生傳約萬餘言得卒讀此其崖畧耳

異史氏曰嗟乎死者而求其生生者又求其死天下所難得者非人身哉柰何具此身者往往而置之遂至靦然而生不如狐泯然而死不如鬼

王漁洋曰賢哉蓮娘巾幗中吾見亦罕況狐耶

阿寶

粵西孫子楚名士也生有枝指性迂訥人誑之輒信爲真或値座有歌妓則必遙望卻走或知其然誘之來使妓狎逼之則赬顔徹頸汗珠珠下滴因共爲笑遂貌其呆狀相郵傳作醜語而名之孫癡邑大賈某翁與王侯

埒富姻戚皆貴冑有女阿寶絕色也日擇良匹大家兒爭委禽妝皆不當翁意生時失儷有戲之者勸其通媒生殊不自揣果從其教翁素耳其名而貧之媒媼將出適遇寶問之以告女戲曰渠去其枝指余當歸之媼告生生曰不難媒去生以斧自斷其指大痛徹心血溢傾注濱死過數日始能起往見媒而示之媼驚奔告女女亦奇之戲請再去其癡生聞而譁辯自謂不癡然無由見而自剖轉念阿寶未必美如天人何遂高自位置如此由是曩念頓冷會值清明俗於是日婦女出遊輕薄

少年亦結隊隨行恣其月旦有同社數人强邀生去或嘲之曰莫欲一觀可人否生亦知其戲已然以受女揶揄故亦思一見其人忻然隨衆物色之遙見有女憩樹下惡少年環如牆堵衆曰此必阿寶也趨之果寶審諦之娟麗無雙少頃人益稠女起遽去衆情顛倒品頭題足紛紛若狂生獨默然及衆他適回視猶癡立故所呼之不應羣曳之曰魂隨阿寶去耶亦不荅衆以其素訥故不爲怪或推之或挽之以歸至家直上牀臥終日不起冥如醉呼之不醒家人疑其失魂招於曠野莫能效

强拍問之則朦朧應云我在阿寶家及細詰之又默不
語家人惶惑莫解初生見女去意不忍舍覺身已從之
行漸傍其衿帶間人無呵者遂從女歸坐臥依之夜輒
與狎意甚得然覺腹中奇餒思欲一返家門而迷不知
路女每夢與人交問其名曰我孫子楚也心異之而不
可以告人生臥三日氣休休若將澌滅家人大恐托人
婉告翁欲一招魂其家翁笑曰平昔不省往還何由遺
魂吾家家人固哀之翁始允巫執故服草薦以往女詰
得其故駭極不聽他往直導入室任招呼而去巫歸至

門生榻上已呻既醒女室之香奩什具何色何名歷言
不爽女聞之益駭陰感其情之深生既離牀坐立凝思
忽忽若忘每伺察阿寶希幸一再遘之浴佛節聞將降
香水月寺遂早旦往候道左目眩睛勞日涉午女始至
自車中窺見生以摻手搴簾凝睇不轉生益動尾從之
女忽命青衣來詰姓字生殷勤自展魂益搖車去生始
歸歸復病冥然絕食夢中輒呼寶名每自恨魂不復靈
家舊養一鸚鵡忽斃小兒持弄於牀生自念倘得身爲
鸚鵡振翼可達女室心方注想身已翩然鸚鵡遽飛而

去直達寶所女喜而撲之鎖其肘飼以麻子大呼曰姐姐勿鎖我孫子楚也女大駭解其縛亦不去女祝曰深情已篆中心今已人禽異類姻好何可復圓鳥云得近芳澤於願已足他人飼之不食女自飼之則食女坐則集其膝臥則依其牀如是三日女甚憐之陰使人瞰生生則僵臥氣絕已三日但心頭未冰耳女又祝曰君能復爲人當誓死相從鳥云誑我女乃自矢鳥側目若有所思少間女束雙彎解履牀上鸚鵡驟下啣履飛去女急呼之飛已遠矣女使嫗往探則生已寤家人見鸚鵡

啣繡履來墮地死方共異之生旋蘇即索履衆莫知故適嫗至入視生問履所在生曰是阿寶信誓物借口相覆小生不忘金諾也嫗反命女益奇之故使婢泄其情於母母審之確乃曰此子才名亦不惡但有相如之貧擇數年得壻如此恐將爲顯者笑女以履故矢不他翁媼乃從之馳報生生喜疾頓瘳翁議贅諸家女曰壻不可久處岳家況郎又貧久益爲人賤兒既諾之蓬茆而甘藜藿不怨生乃親迎成禮相逢如隔世懽自是生家得奩妝小阜頗增物產而生癡於書不知理家人生業

女善居積亦不以他事累生居三年家益富生忽病消
渴卒女哭之痛至絕眠食勸之不納乘夜自經婢覺之
急救而甦終亦不食三日集親黨將以斂生聞棺中呻
以息啟之已復活自言見冥王以生平樸誠命作部曹
忽有人白孫部曹之妻將至王稽鬼錄言此未應便死
又白不食三日矣王顧謂感汝妻節義姑賜再生因使
馭卒控馬送汝還由此體漸平値歲大比入闈之前諸
少年玩弄之共擬隱僻之題七引生僻處與語言此某
家關節敬祕相授生信之晝夜揣摩制成七藝衆隱笑

之時典試者慮熟題有蹈襲弊力反常徑題紙下七首
皆符生以是掄魁明年舉進士授詞林上聞其異召問
之生啟奏上大嘉悅卽召見阿寶賞賚有加焉

異史氏曰性癡則其志凝故書癡者文必工藝癡者技
必良世之落拓而無成者皆自謂不癡者也且如粉花
蕩產盧雉傾家頑癡人事哉以是知慧黠而過乃是眞
癡彼孫子何癡乎

任秀

任建之魚臺人販氈裘爲業竭貲赴陝途中逢一人自

言申竹亭宿還人話言投契盟為弟昆行止與俱至陝任病不起申善視之積十餘日疾大漸謂申曰吾家故無恒產八口衣食皆恃一人犯霜露今不幸殂謝異域君我手足也兩千里外更有誰何囊金二百餘一半君自取之為我小備殮具剩者可助資斧其半寄吾妻子俾輦吾櫬而歸如肯攜殘骸旋故里則裝貲勿計矣乃扶枕為書付申至夕而卒申以五六金為市薄材殮已主人催其移櫬申托尋寺觀竟遁不反任家年餘方得確耗任子秀時年十七方從師讀由此廢學欲往尋父

柩母憐其幼秀哀涕欲死遂典貲治任俾老僕佐之行半年始還殯後家貧如洗幸秀聰穎釋服入魚臺泮而佻達善博母教戒綦嚴卒不改一日文宗案臨試居四等母憤泣不食秀慚懼對母自矢於是閉戶年餘遂以優等食餼母勸令設帳而人終以其蕩無檢幅咸誚薄之有表叔張某賈京師勸使赴都願攜與俱不耗其貲秀喜從之至臨清泊州關外時鹽航艤集帆檣如林臥後聞水聲人聲聒耳不寐更既靜忽聞鄰舟骰聲清越入耳縈心不覺舊技復癢竊聽諸客皆已酣寢將囊中

自備千文思欲過舟一戲潛起解囊捉錢踟躕回思母訓即復束置既睡心怔忡苦不得眠又起又解如是者三興勃發不可復忍攜錢逕去至隣舟則見兩人對博錢注豐美置錢几上便求入局二人喜即與共擲秀大勝一客錢盡即以巨金質舟主漸以十餘貫作孤注賭方酣又有一人登舟來耽視良久亦傾囊出百金質主人入局共博張中夜醒覺秀不在舟聞骰聲心知之因詣鄰舟欲撓沮之至則秀胯側積貲如山乃不復言負錢數千而返呼諸客並起往來移運尚存十餘千未幾

三客俱敗一舟之錢俱空客欲賭金而秀欲已盈故托非錢不賭以難之張在側又促逼令歸三客躁急舟主利其盆頭轉貸他舟得百餘千客得錢賭更豪無何又盡歸秀天已曙放曉關矣共運貲而返二客亦去主人視所質二百餘金盡箔灰耳大驚尋至秀舟告以故欲取償於秀及問姓名里居知爲建之之子縮頸羞汗而退過訪旁人乃知主人即申竹亭也秀至陝時亦頗聞其姓字至此鬼已報之故不復追其前郄矣乃以貲與張合業而北終歲獲息倍蓰遂援例入監益權子母十

年間財雄一方

張誠

豫人張氏者其先齊人靖難兵起齊大亂妻爲兵掠去張常客豫遂家焉娶於豫生子訥無何妻卒又娶繼室生子誠繼室牛氏悍每嫉訥奴畜之啖以惡草具使樵日責柴一肩無則撻楚詬詛不可堪隱蓄甘脆餌誠使從塾師讀誠漸長性孝友不忍兄劬陰勸母母弗聽一日訥入山樵未終値大風雨避身巖下雨止而日已暮腹中大餒遂負薪歸母驗之少怒不與食飢火燒心入

室僵臥誠自塾中來見兄嗒然問病乎曰餓耳問其故以情告誠愀然便去移時懷餅來餌兄兄問所自來曰余竊麪倩鄰婦爲之但食勿言也訥食之囑弟曰後勿復然事泄累弟且日一啗飢當不死誠曰兄故弱烏能多樵次日食後竊赴山至兄樵處兄見之驚問將何作荅云將助樵採問誰之遣曰我自來耳兄曰無論弟不能樵縱或能之且猶不可於是速之歸誠不聽以手足斷柴助兄且云明日當以斧來兄近止之見其指已破履已穿悲曰汝不速歸我卽以斧自刎死誠乃歸兄送

之半途方復回樵既歸詣塾囑其師曰吾弟幼宜閑之山中虎狼惡師言午前不知所往業夏楚之歸謂誠曰不聽吾言遭笞責矣誠笑云無之明日懷斧又去兄駭曰我固謂子勿來何復爾誠不應刈薪且急汗交頤不休約足一束不辭而返師又責之乃實告之師嘆其賢遂不之禁兄屢止之終不聽一日與數人樵山中欻有虎至衆懼而伏虎竟啣誠去虎負人行緩爲訥追及力斧之中胯虎痛狂奔莫可尋逐痛哭而返衆慰解之哭益悲曰吾弟非猶夫人之弟況爲我死我何生爲遂以斧

自刎其項衆急救之入肉者已寸許血溢如涌眩瞀瀕絕衆駭裂之衣而約之羣扶以歸母哭罵曰汝殺吾兒欲劉頸以塞責耶訥呻云母勿煩惱弟死我定不生置榻上創痛不能眠惟晝夜倚壁坐哭父恐其亦死時就榻少哺之牛輒詬責訥遂不食三日而斃村中有巫走無常者訥途遇之緬訴曩苦因問弟所巫言不聞遂反身導訥去至一都會見一皂衫人自城中出巫要遮代問之皂衫人於佩囊中檢牒審顧男婦百餘並無犯而張者巫疑在他牒皂衫曰此路屬我何得差遝訥不信

强巫入城城中新鬼故鬼往來憧憧亦有故識就問迄無知者忽共譁言菩薩至仰見空中有偉人毫光徹上下頓覺世界通明巫賀曰大郎有福哉菩薩幾千年一入冥司振諸苦惱今適値之便捽訥跪衆鬼囚紛紛籍籍合掌齊誦慈悲救苦之聲鬨騰震地菩薩以楊枝徧灑甘露其細如塵俄而霧收光斂遂失所在訥覺頸上沾露斧處不復作痛巫仍導與俱歸望見里門始別而去訥死二日豁然竟甦悉述所遇謂誠不死母以為撰造之誣反詬罵之訥負屈無以自伸而摸創痕良瘥自

力起拜父曰行將穿雲入海往尋弟如不可見終此身勿望返也願父猶以兒為死翁引空處與泣無敢留之訥乃去每於衝衢訪弟耗途中資斧斷絕丐而行逾年達金陵懸鶉百結傴僂道上偶見十餘騎過走避路側內一人如官長年四十已來健卒怒馬騰踔前後一少年乘小駟屢顧訥訥以其貴公子未敢仰視少年停鞭少駐忽下馬呼曰非吾兄耶訥舉首審視誠也握手大痛失聲誠亦哭曰兄何漂落一至於此訥言其情誠益悲騎者並下問故以白官長官長命脫騎載訥連轡歸

諸其家始詳詰之初虎啣誠去不知何時置路側臥途中竟宿適張千戶自都中來過之見其貌文憐而撫之漸蘇言其里居則相去已遠因載與俱歸又藥敷傷處數日始痊千戶無長君子之蓋適從遊囑也誠具爲兄告言次千戶入訥拜謝不已誠入內捧帛衣出進兄乃置酒燕敘千戶問貴族在豫幾何丁壯訥曰無有父少齊人流寓於豫千戶曰僕亦齊人貴里何屬答曰曾聞父言屬東昌轄驚曰我同鄉也何故遷豫訥曰前母被兵掠去父遭兵燹蕩無家產先賈於西道往來頗稔故

止焉又驚問君家尊何名訥告之千戶瞠而眎之俛首若疑疾趨入內無何太夫人出共羅拜已問訥曰汝是張炳之之孫耶曰然太夫人大哭謂千戶曰此汝弟也訥兄弟莫能解太夫人曰我適汝父三年流離北去身屬某指揮半年生汝兄又半年指揮死汝兄以父蔭遷此官今解任矣每刻刻念鄉井遂出籍復故譜屢遣人至齊殊無所覓耗何知汝父西徙哉乃謂千戶曰汝以弟爲子折福死矣千戶曰曩問誠誠未嘗言齊人想幼稚不憶耳乃以齒序千戶四十有一爲長誠十六最少

訥年二十則伯而仲矣千戸得兩弟甚懽與同臥處盡悉離散端由將作歸計太夫人恐不見容千戸曰能容則共之否則析之天下豈有無父之國於是鬻宅辦裝刻日西發既抵里訥及誠先馳報父父自訥去妻亦尋卒塊然一老鰥形影自弔忽見訥入暴喜怳怳以驚又覩誠喜極不復作言潸潸以涕又告以千戸母子至翁輟涕愕然不能喜亦不能悲蚩蚩以立未幾千戸入拜已太夫人把翁相向哭既見婢媼廝卒內外盈塞坐立不知所爲誠不見母問之方知已死號嘶氣絶食頃始甦千戸出貲建樓閣延師教兩弟馬騰於槽人喧於室居然大家矣

異史氏曰余聽此事至終涕凡數墮十餘歲童子斧薪助兄慨然曰王覽固再見乎於是一墮至虎啣誠去不禁狂呼曰天道憒憒如此於是一墮及兄弟猝遇則喜而亦墮轉增一兄又益一悲則爲千戸墮一門團圞驚出不意喜出不意無從之涕則爲翁墮也不知後世亦有善涕如某者否

王漁洋云一本絶妙傳奇敘次文筆亦工

巧娘

廣東有縉紳傅氏年六十餘生一子名廉甚慧而天閹十七歲陰裁如蠶遐邇聞知無女以女自分宗緒已絕晝夜憂怛而無如何廉從師讀師偶他出適門外有猴戲者廉觀之廢學焉度師將至而懼遂亡去離家數里見一白衣女郎偕小婢出其前女一回首妖麗無比蓮步蹇緩廉趨過之女回顧婢曰試問郎君得毋欲如瓊否婢果呼問廉詰其何爲女曰倘之瓊也有尺一書煩便道寄里門老母在家亦可爲東道主廉出本無定向

然悄悄出衾去俄隱聞哭聲生惶愧無以自容恨天公之缺陷而已女呼婢篝燈婢見啼痕驚問所苦女搖首曰我自嘆吾命耳婢立榻前耽望顏色女曰可喚郎醒遣放去生聞之倍益慚怍且懼宵半茫茫無所復之籌念間一婦人排闥入婢曰華姑來微窺之年約五十餘猶風格見女未睡便致詰問女未荅又視榻上有臥者遂問共榻何人婢代荅夜一少年郎寄此宿婦笑曰不知巧娘諧花燭見女涕淚未乾驚曰合巹之夕悲涕不倫將勿郎君粗暴耶女不言益悲婦欲捋衣視生一振

視曰樹上有人女驚起曰何處大胆兒暗來窺人生大懼無所逃隱遂盤旋下伏地乞宥女近臨一諦反恚爲歡曳與並坐睨之年可十七八姿態艷絕聽其言亦非土音問郎何之荅云爲人作寄書郵女曰野多暴客露宿可虞不嫌蓬蓽願就稅駕邀生入室惟一榻命婢展兩被其上生自慚形穢願在下牀女笑云佳客相逢女元龍何敢高臥生不得已遂與共榻而惶恐不敢自舒未幾女暗中以纖手探入輕捻脛股生僞寐若不覺知又未幾啟衾入搖生迄不動女便下探隱處乃停手悵

然悄悄出衾去俄聞哭聲生惶愧無以自容恨天公之缺陷而已女呼婢篝燈婢見啼痕驚問所苦女搖首曰我自嘆吾命耳婢立榻前耽望顏色女曰可喚郎醒遣放去生聞之倍益慚怍且懼宵半茫茫無所復之籌念間一婦人排闥入婢曰華姑來微窺之年約五十餘猶風格見女未睡便致詰問女未荅又視榻上有臥者遂問共榻何人婢代荅夜一少年郎寄此宿婦笑曰不知巧娘諧花燭見女淚痕未乾驚曰合卺之夕悲涕不倫將勿郎君粗暴耶女不言益悲婦欲捋衣視生一振

衣書落榻上婦取視駭曰我女筆意也拆讀嘆咤女問之婦云是三兒家報言吳郎已死煢無所依且爲奈何女曰彼固云爲人寄書幸不遣之去婦呼生起究詢書所自來生備述之婦曰遠煩寄書當何以報又熟視生笑問何迕巧娘生言不自知罪又詰女女嘆曰自憐生適閹寺沒奔椓人是以悲耳婦顧生曰慧黠兒固雄而雌者耶是我之客不可久溷他人遂導生於東廂探手於胯而驗之笑曰無怪巧娘零涕然幸有根蒂猶可爲乃挑燈徧翻箱簏得黑丸授生令卽吞下祕囑勿吪乃

出生獨臥籌思不知藥醫何症比五更初醒覺臍下熱氣一縷直冲隱處蠕蠕然似有物垂股際自探之身已偉男心驚喜如乍膺九錫檽色才分婦卽入以炊餅納生室叮囑耐坐反關其戶出語巧娘曰郎有寄書勞將畱召三娘來與訂姊妹交且復閉置免人厭惱乃出門去生迴旋無聊時近門隙如鳥窺籠望見巧娘輒欲招呼自呈慚訥而止延至夜分婦始攜女歸發扉曰悶煞郎君矣三娘可來拜謝途中人逡巡入向生斂衽婦命相呼以兄妹巧娘笑云姊妹亦可並出堂中團坐置飲

飲次巧娘戲問寺人亦動心佳麗否生曰跛者不忘履盲者不忘視相與粲然巧娘以三娘勞頓迫令安置婦顧三娘俾與生俱三娘羞暈不行婦曰此丈夫而巾幗者何畏之敦促偕去私囑生云陰爲吾壻陽爲吾子可也生喜捉臂登牀發硎新試其快可知旣於枕上問女巧娘何人曰鬼也才色無匹而時命蹇落適毛家小郎子病閹十八歲而不能人因邑邑不暢賫恨入冥生驚疑三娘亦鬼女曰實告君妾非鬼狐耳巧娘獨居無偶我母子無家借廬棲止生大愕女曰勿懼雖故鬼狐非

相禍者由此日共談讌雖知巧娘非人而心愛其娟好獨恨自獻無隙生蘊藉善談噱頗得巧娘憐一日華氏母子將他往復閉生室中生悶氣遶屋隔扉呼巧娘巧娘命婢歷試數鑰乃得啟生附耳請間巧娘遣婢去生挽就寢榻偎向之女戲掬臍下曰惜可兒此處闕然語未竟觸手盈握驚曰何前之渺渺而遽纍然生笑曰前羞見客故縮今以誚謗難堪聊作蛙怒耳遂相綢繆已而恚曰今乃知閉戶有因昔母子流蕩無所假廬居之三娘從學刺繡妾不曾少祕惜乃妒忌如此生勸慰之

且以情告巧娘終㖿之生曰密之華姑囑我嚴語未及已華姑掩入二人皇遽方起華姑瞋目問誰啟扉巧娘笑迎自承華姑益怒聒絮不已巧娘故哂曰阿姥亦大笑人是丈夫而巾幗者何能爲三娘見母與巧娘苦相抵意不自安以一身調停兩閒始各拗怒爲喜巧娘言雖憤烈然自是屈意事三娘但華姑晝夜防閑兩情不能自展眉目含情而已一日華姑謂生曰吾兒姊妹皆已奉事君念居此非計君宜歸告父母早定永約即治裝促生行二女相向容顏悲惻而巧娘尤不可堪淚滾

滾如斷貫珠殊無已時華姑排止之便曳生出至門外則院宇無存但見荒塚華姑送至舟上曰君行後老身攜兩女僦屋於貴邑倘不忘夙好李氏廢園中可待親迎生乃歸時傅父覓子不得正切焦慮見子歸喜出非望生畧述崖末兼致華氏之訂父曰妖言何足聽信汝尚能生還者徒以閹廢故不然死矣生曰彼雖異物情亦猶人況又慧麗娶之亦不爲戚黨笑父不言但嗤之生乃退而技癢不安其分輒私婢漸至白晝宣淫意欲炫聞翁媼一日爲小婢所窺奔告母母不信薄觀之始

駭呼婢研究盡得其狀喜極逢人宜暴以示子不閹將論婚於世族生私白母非華氏不娶母曰世不乏美婦人何必鬼物生曰兒非華姑無以知人道背之不祥傅父從之遣一僕一嫗往覘之出東郭四五里尋李氏園見敗垣竹樹中縷縷有炊煙嫗下乘直造其闥則母子拭几濯溉似有伺嫗拜致主命見三娘驚曰此即吾家小主婦耶我見猶憐何怪公子魂思而夢繞之便問阿姊華姑嘆曰是我假女三日前忽殂謝去因以酒食餉嫗及僕嫗歸備道三娘容止父母皆喜末陳巧娘耗生

惻惻欲涕親迎之夜見華姑親問之笑云已投生北地矣生欷歔久之迎三娘歸而終不能忘情巧娘凡有自瓊來者必召見問之或言秦女墓夜聞鬼哭生詫其異入告三娘三娘沉吟良久泣下曰妾負姊矣詰之笑云妾母子來時實未嘗使聞茲之怨啼將無是姊向欲相告恐彰母過生聞之悲已而喜即命輿宵晝兼程馳詣其墓叩墓木而呼曰巧娘巧娘某在斯俄見女娘綳嬰兒自穴中出舉首酸嘶怨望無已生亦涕下探懷問誰氏子巧娘曰是君之遺孽也誕三日矣生曰悞聽華姑

言使毋子埋憂地下罪將安辭乃與同輿航海而歸抱子告母母視之體貌豐偉不類鬼物益喜二女諧和事姑孝後傅父病延醫來巧娘曰疾不可爲魂已離舍督治冥具既竣而卒兒長絶肖父尤慧十四入泮高郵翁紫霞客於廣而聞之地名遺脫亦未知所終焉

伏狐

太史某爲狐所魅病瘠符禳既窮乃乞假歸冀可逃避太史行而狐從之大懼無所爲謀一日止於涿門外有鈴醫自言能伏狐太史延之入授以藥則房中術也促令服訖入與狐交銳不可當狐辟易哀而求罷不聽進益勇狐展轉營脫苦不得去移時無聲視之現狐形而斃矣

余鄉某生者素有嫪毒之目自言生平未得一快意夜宿孤館四無鄰忽有奔女扉未啟而已入心知其狐亦欣然樂就之衿襦甫解貫革直入狐驚痛啼聲吱然如鷹脫鞲穿牕而去某猶望牕外作狎暱聲哀喚之冀其復回而已寂然矣此眞討狐之猛將也宜榜門驅狐可以爲業

三仙

士人某赴試金陵經由宿遷會三秀才談言超曠悅之沽酒相歡欵洽間各表姓字一介秋衡一常豐林一麻西池縱飲甚樂不覺日暮介曰未修地主之儀忽叨盛饌於理未當茅茨不遠可便下榻常麻並起捉裾喚僕相將俱去至邑北山忽睹庭院門遶清流旣入舍宇精潔呼僮張燈又命安置從人麻曰昔日以文會友今闈場伊邇不可虛此良夜請擬四題命鬮各拈其一文成方飲衆從之各擬一題寫置几上拾得者就案搆思二更未盡皆已脫稿迭相傳視秀才讀三作深爲傾倒草錄而懷藏之主人進良醞巨杯促釂不覺醺醉客興辭主人乃導客就別院寢醉中不暇解履著衣遂寢旣醒紅日已高四顧並無院宇惟主僕臥山谷中大駭呼僕亦起見傍有一洞水涓涓流溢自訝迷罔視懷中則三作俱存下山問土人始知爲三仙洞蓋洞中有蟹蛇蝦蟆三物最靈時出游人往往見之云士人入闈三題皆仙作以是擢解

蛙曲

王子巽言在都時曾見一人作劇於市攜木盒作格凡十有二孔每孔伏蛙以細杖敲其首輒哇然作鳴或與金錢則亂擊蛙頂如拊雲鑼宮商詞曲了了可辨

鼠戲

又言一人在長安市上賣鼠戲背負一囊中蓄小鼠十餘頭每於稠人中出小木架置肩上儼如戲樓狀乃拍鼓板唱古雜劇歌聲甫動則有鼠自囊中出蒙假面被小裝服自背登樓人立而舞男女悲歡悉合劇中關目

趙城虎

趙城嫗年七十餘止一子一日入山爲虎所噬嫗悲痛幾不欲活號啼而訴於宰宰笑曰虎何可以官法制之乎嫗愈號咷不能制止宰叱之亦不畏懼又憐其老不忍加威怒遂諾爲捉虎嫗伏不去必待勾牒出乃肯行宰無奈之卽問諸役誰能往者一隸名李能醺醉詣坐下自能言之持牒下嫗始去隸醒而悔之猶謂宰之僞局姑以解嫗擾耳因亦不甚爲意持牒報繳宰怒曰固言能之何容復悔隸窘甚請牒拘獵戶宰從之隸集諸獵人日夜伏山谷冀得一虎庶可塞責月餘受杖數百

寃苦罔控遂詣東郭嶽廟跪而祝之哭失聲無何一虎自外來隸錯愕恐被咥噬虎入殊不他顧蹲立門中隸祝曰如殺某子爾也其俯聽吾縛遂出縲索縶虎頸虎帖耳受縛牽達縣署宰問虎曰某子爾噬之耶虎頷之宰曰殺人者死古之定律且嫗止一子而爾殺之彼殘年垂盡何以生活倘爾能爲若子也我將赦之虎又頷之乃釋縛令去嫗方怨宰不殺虎以償子也遲旦啟扉則有死鹿嫗貨其肉革用以資度自是以爲常時銜金帛擲庭中嫗由此致豐裕奉養過於其子心竊德虎虎

來時臥簷下竟日不去人畜相安各無猜忌數年嫗死虎來吼於堂中嫗素所積綽可營葬族人共瘞之墳壘方成虎驟奔來賓客盡逃虎直赴塚前嗥鳴雷動移時始去土人立義虎祠於東郊至今猶存

小人

康熙間有術人攜一榼榼中藏小人長尺許投以錢則啟榼令出唱曲而退至掖掖宰索榼入署細審小人出處初不敢言固詰之始自述其鄉族蓋讀書童子自塾中歸爲術人所迷復投以藥四體暴縮彼遂攜之以爲

戲具宰怒殺術人留童子欲醫之尚未得其方也

梁彦

徐州梁彦患鼽嚏久而不已一日方臥覺鼻奇癢遽起大嚏有物突出落地狀類屋上瓦狗約指頂大又嚏又一枚落四嚏凡落四枚蠢然而動相聚互嗅俄而强者齧弱者以食食一枚則身頓長瞬息吞併止存其一大於鼫鼠矣伸舌周匝自舐其吻梁大愕踏之物緣襪而上漸至股際捉衣而撼擺之黏據不可下頃入襟底爬抓腰脇大懼急解衣擲地捫之物已貼伏腰間推之不動掐之則痛竟成贅疣口眼已合如伏鼠然

聊齋志異卷二終